KB219715

소년공 재명이가
부르는 노래

시 강민숙 / 그림 박재동

소년공 재명이가
부르는 노래

강민숙 시집

생각이 크는 나무

[자서]

아픔이 아픔에게 보내는 편지

강민숙(시인, 문학박사)

그동안 참 많이 아파 헤매돌았다
30년을 넘게 앓아 오면서
내 아픔을 닮은 한 사람을 만났다
그러나 다가가 위로해 줄
방법은 보이지 않았다

그 산은 내가 쉽게 오를 수 있는 산이 아니었다
나는 그 산을 올려다보기만 하다가
결국 용기 내어 붓을 잡았다
자칫 오르다 길을 잃을까
늘 조바심치며
오르고 올라, 오늘에 이르렀다

소년공 이재명,
아무나 걸을 수 없는 길을 걸으며
색깔에 휘말리기도 하고
모함을 받기도 했지만

그는 뒤돌아보지 않고
오직 앞만 보며 걸어왔다

누구도 걸을 수 없는 그 길을
성큼성큼
세상의 낮은 자들의 아픔을 보듬어 안고.

우장산에서

목차

제2부, 나는 내 생일을 모른다

[제1부, 내 하늘]

내 하늘

내 어릴 적 하늘은
가난에 매 맞아
시퍼렇게 멍든 하늘이었다

내 마음 같아서
차마
올려다볼 수 없는
그런 하늘이었다

아픔을 참다가
마침내 쏟아내는 눈물
소나기

나도 시원하다
가난의 눈물 쏟고 나니.

검정 고무신

내가 신고 다닌 신은
검정 고무신이었다
타이어 고무로 만들었는지
아무리 신고 다녀도
닳지 않는 것이 신기했다

학교 들어갈 때는
헐렁하고 큰 신이었는데
학년이 올라갈수록
발에 꽉 조여
도저히 신고 다닐 수 없었다

땅바닥에 아무리 문질러봐도
빵구가 나지도 않았다
나는 꾀를 냈다
그 쪼이는 신발의 고통에서
벗어나는 일은

신발 한 짝을 잃어버렸다고 하면
될 것이라는 생각이 떠올랐다

비가 오는 날이었다
개울을 건너다 신발이 벗겨져
떠내려갔다고
집에다가 거짓말을 했다

그러자 우리 엄마
시 오리 길을 걸어가 백 고무신 사 주셨다
나만 간직한 이 비밀
엄마, 미안해요.

나는 화장실 당번이었다

학교 뒤편에 가면
막사처럼 지은 화장실이 있다
문이라고 해야
판때기를 얼기설기 붙여놓고
퍼런 페인트를 칠해 놓았을 뿐이다

틈새로 보면 누가 앉아
볼일을 보는지
다 보이는 그런 곳이었다

시멘트 변소 통
그 아래서는
구더기와 똥파리들의 잔치가
매일 벌어지고 있었다

당번이 해야 할 일은
아이들이 가에다 퍼질러 놓는

똥에다 물을 뿌린 다음
빗자루로 쓸어 넣는 일이었다

자꾸 하다 보니
처음에는 암모니아 냄새였다가
나중에는 달걀 냄새가 났다
별것 아니었다
불려 나가 매 맞는 것에 비하면
이까짓 쯤이야.

학교가 싫어요

미술시간이 오면
나는 우두커니 칠판만 바라본다
도화지가 있고
크레파스가 있어야 그림을 그릴텐데
내가 준비해 온 것이 없으니
멀뚱거리기만 해야 했다

교과서와
공책과 연필 한 자루뿐
내가 할 수 있는 것은 아무것도 없었으니
내가 최고로 밉상이었을 거다

교탁 앞으로 불려 나가
머리를 쥐어박히면서도
나는 내 잘못이 아니라는 생각만 했다

가난한 집안 형편

학교와 선생님은
왜 모른 척하고만 있을까
학교에 가면
나는 출발선에 설 수가 없었다

거친 보리 왕겨로 만든 개떡이나
겨우 먹는 나에게
우리 선생님은
출발선에 줄 세워 주지 않았다.

학교 가는 날

다녀야 하는 학교는 멀었다
집에서 비탈 산을
어린 걸음으로 걸어 나와
5km는 걸어가야 했다
십리 길도 더 되는 거리였다

학교는 단층 목재로
단아하게 지어져 있었다
전교생이 운동장에 모여
조회하는 날이면
벌집 통에 모여드는 벌처럼
운동장이 바글바글했다

학교 종소리를 따라 우르르
몰려나왔다가
벌통 같은 교실 속으로
한순간 쑥 빨려 들어가는 모습은

참으로 볼만한 구경거리였다

나는 이 학교를
육 년 동안이나 다녀야 했다

학교를
오고 가는데
세 시간이나 걸리고
차도 안 다니는 거리를.

공책 한 권 사 주세요

선생님은
맨날 숙제를 내신다
학교에서 그냥
가르치면 될 것을
먼저 예습을 해오라면서

그러다 보니
아무리 아껴서 써도
한 달에 공책 두 권은 필요했다
그것도 부족했다

숙제를 해가야 하는데
공책이 없으니
숙제를 해 갈 수가 없었다

숙제 검사하신다며
공책을 펴놓으라시는데

나는 공책을 그냥 덮어 두었다

내 뒤통수를 퍽 치면서
공책 왜 안 펴
선생님이 내게 호통치신다
공책이 없어서요

나는 공책을 사 달라고
집에 차마 이야기할 수 없었다
어차피 사 주지 않을 것을
이미 나는 알고 있었으니까.

지각대장 어딨어

교실 문을 열고 들어서면
선생님은 늘 하는 말이 있다
이제 오는 거야
선생님도 답답했겠지만
답답하기는 나도 마찬가지다

아무런 흥미도 없는 학교
쳇바퀴 돌 듯 왔다가
수업 끝나면 다시 돌아가야 하는
이 지루한 짓을,
왜 해야만 하는 것일까

준비물 가지고 오라는데
나는 집에서는
입 밖으로 꺼낼 수가 없었다

그러니 결석을 자주 할 수밖에

선생님은 몰랐다
왜 내가 졸업할 때까지
80번을 숙제 못했고
80번이나 결석했는지
그 상관관계를.

내 성적은 미미미였다

한 학년을 마치고
봄 방학에 들어가면서 선생님은
성적표를 나누어 주신다

한글도 깨우치지 못하고
들어간 내가
공부에 재미가 있을 까닭이 없었다
결석 아니면 지각뿐인 내가
받아든 성적표는 한결같았다

수와 우는 그림자도
보이지 않았다
집에서도 성적표 보여달라는
말 한 마디도 듣지 못했다

그저 초등학교만 나오면
그것만으로도 다행이라는

생각뿐인 것 같았다
먹고 살기도 힘들어 죽을 지경인데
수나 우는 사치였다

시험을 쳐 중학교에
들어갈 것도 아니라서
아버지도, 엄마도 모른 척 했다

귓불이 잘 생겨
나중에 성공할 것이라는
점바치의 그 말만
매미소리처럼 귓전에 맴돌았다.

참외가 먹고 싶다

동네 어귀에 들어서면
내 친구 재학이네 밭이 있다

참외 밭이다
참외를 심어놓고
애기똥풀 같은 꽃이 피기 시작하면
우리 집 밭도 아닌데
내 마음이 설렌다

잎새 속에서 노랗게 익어가는
참외 냄새에
학교에 오갈 적마다
나도 몰래 침이 꼴깍 넘어간다

집에 가면서
참외 하나씩 같이 따 먹자면
절레절레 고개 내젓는

재학이가 밉다

참외 하나 따 먹어도 모를 일을
그래서 내가
산수 숙제를 해준다고 했더니
밭에 뛰어들어가
큼직한 참외를 따다 내게 건넨다

꿀맛이 따로 없었다
참외 넝쿨을 거둘 때까지
나는 재학이 숙제 당번이었다.

주막 아닌 주막집

생활 무능력자에
거기에 더해 도박중독증에 빠져
집을 뛰쳐나가는 아버지
우리 칠 남매는 안중에도 없었다

땅 한 뼘 없는 산골 바닥
하루하루 목숨을 이어가야 하는
이 절박감을
엄마 혼자 고이 안으셨다

밤이면 돌아누워
매운 눈물 흘리시는 엄마
낮이면 남의 밭일에
돌아와서는 아랫목에다 술을 빚었다

술 익는 냄새에
나도 몰래 잠들던 내 어린 시절

입소문에 마을 사람들
꾸역꾸역 몰려들어 장사가 되자
누군가의 밀고로
면사무소에서 단속을 나와
술독을 엎어버리던
그 광경 앞에서
나는 멍하니 바라만 보고 있었다

법을 어겼다고 하는데
무슨 법인지도 모른 채.

메뚜기 반찬

가을이 누렇게 익을 적이면
논에서는
벼메뚜기들이 잔치를 벌인다

나는 그 벼메뚜기가
얼마나 고소하고 맛있는가를
일찍부터 알았다
가끔 도시락 반찬으로 넣어가는
그런 날이면
발걸음이 덩실덩실 이었다

내가 좋아하기도 하고
집 식구들이 너무 좋아해
가을철 벼메뚜기잡이는
언제부터인가 내 몫이 되고 말았다

내 가방에는

자그마한 매미채가 늘 들어 있었다
논에 들어가
벼 이삭을 휘저으며
잡다 보면 어느새 가방이 불룩해진다

논 주인을 만나
벼 이삭 다 떨어진다고
호통을 당한 적도 있다
잘못했다고
다시는 안 잡겠다고
나는 빌고 또 빌어야 했다.

소풍 가던 날

청량산 밑자락
안동 골짜기에 살 때는
빵이나 과자
음료수 같은 것을 사 먹는 것은
상상할 수도 없는 일이었다

소풍을 가는 날
엄마는 내게
김밥을 싸주시지도 않았다
달랑 100원을 건넸을 뿐이었다
사이다 한 병 값이었다

아이들은 저마다
김밥 도시락을 펼쳐놓고
마냥 즐거워하는데
나는 그저 침을 삼키고 있을 때
친구 영웅이가

김밥 세 개를 나누어 주었다

태어나 처음 먹어보는 김밥
꿀맛이 따로 없었다
우리는 왜 김밥 한 줄도
먹지 못하고 살아야 하는가

소풍을 가서
나는 또
내 가난의 얼굴을 다시 보았다.

나도 수학여행 간다

5학년에 올라가면서
수학여행 간다는 일로
아이들 가슴은
풍선처럼 부풀어 올랐다

우리 선생님은
한 명도 빠져서는 안 된다고 했다
그렇지만 나는
담임 선생께 못 간다고 했다
이야기를 꺼냈다가는
우리 집에서
혼쭐부터 날 것이기 때문이었다

나의 첫 아르바이트는
학교 앞에 개간한 밭에서
돌멩이를 골라내는 일이었다
나는 그 품삯을 모았다

교장선생님의 깊은 배려였다

안동 읍내도 처음 보았고
먼지 풀풀 나는
버스 뒤꽁무니를 따라다니다가
생전 처음 버스도 타 보았다
안동에서
기차를 타고 경주로 갔다
물론 기차도 내게는 처음이었다.

처음 먹어보는 아이스께끼

자연 시간, 여름에도
얼음을 얼게 할 수 있다는
선생님의 말씀
나는 도저히 믿을 수가 없었다

그런데 수학여행 중에
여장을 푼 여인숙 앞에서
어떤 아저씨가
아이들을 유혹하고 있었다

우유를 넣어서 만든
아이스께끼를 팔고 있었다
몇 개를 사 먹었는데도
배가 하나도 부르지 않았다

용돈은 다 바닥났지만
나는 전혀 아깝지가 않았다

나도 크면
아이스께끼 장사를 할까

그 달디 단 수학여행의 추억
내 친구들이 보고 싶다
안동 삼계초등학교
내 친구들이 문득 그리워진다.

[제2부, 나는 내 생일을 모른다]

나는 내 생일을 모른다

나는 내 생일을 모른다
아버지도 모르고
엄마도 모르고
생일이 없는 것도 아닌데

면사무소에 신고를 했어야 하는 데도
신고할 겨를이 없었던 우리 엄마
길을 지나던 길에
점을 잘 친다는 점바치가
고놈 귀가 잘생겼다며
나의 태어난 사주를 물어보니
그제야, 아차
내 생일을 잊었다는 사실을 안
우리 엄마

22일인 것 같기도 하고
23일 같기도 하다는 말에

점을 쳐보니 23일이 맞다 한다

그러면 그렇게 하자며
내 생일을 그 자리에서 정했다
성탄 이브보다 딱 하루 빠른
1964년 12월 23일이
내 생일이 되었다.

아버지는 돌아오지 않았다

대구에서 대학물을
반쯤 먹었다고 하는 아버지는
한때는 태백에서
탄광관리자 일을 하다가
잠깐 순경 교사생활도 하셨다 했다

무슨 연유인지 모르지만
그 일들 다 때려치우고
이 깊은 산골 마을로 숨어든
이유는 노름이 아니었을까
한번 집을 나가면
이틀이고 삼일이고 소식이 없었다

비탈 산에 돌을 골라내고
그 돌로 돌담을 쌓아
우리 밭이라며 농사짓던 그 시절
아버지는 천궁이나 마 같은

약초를 심어 내다 파시곤 했다

그리고는 집을 나가신다
어디에 가시는지
누구도 물을 수 없었던 아버지
그 버럭 성 앞에
우리는 무릎을 꿇어야 했다
눈물을 삼키며.

또 수제비야

우리 집은 왜
도대체 뭐가 잘못된 것일까
날이면 날마다
때 거리 걱정하여야 하는
엄마 그 한숨 소리
우리는 신물나게 들으면서 자랐다

자식을 줄줄이
칠 남매씩이나 낳아 놓고서
온다간다 소리도 없이
훌쩍 집을 나가버린 아버지
엄마는 찾지 않았다

동네 집집을 돌아다니시며
오늘은
밭에 일할 것 없냐며
애원 반, 구걸하시는 엄마

그날 품삯으로
어쩌다 밀가루 한 포대
집에 들이는 날이면
우리는 금세 부자가 되었다

밀가루 한 양푼으로 빚은 수제비
먹다, 먹다 지쳐
뚝 뱉은 말, 또 수제비에요
나는 왜 그리 철이 없었을까.

성남으로 이사하는 날

아버지가 3년 만에 집에 오셨다
돌아오셔서는
내가 초등학교를 졸업하면
당장 이사를 가자는 것이었다

서울에서 가까운
성남이라고만 했다
그 당시, 빈민과 철거민들이
모여 사는 곳이라는 것도 몰랐다

내 이삿짐이라야
탄약을 넣던 탄통 하나에
자전거가 빵꾸 나기라도 하면
때워야 하는
고무 튜브가 전부였다

솥단지 달랑 하나 들고

그렇게 우리 칠 남매
무너져가는
고향 슬레이트집을 뒤로하고
아버지 손에 이끌려
중앙선 완행열차에 몸을 실었다

이월 싸락눈이
내가 걸어온 길을
따닥거리며 덮어 주고 있었다
서러울 것도 없었다
이 지긋지긋한 가난
벗어날 수만 있다면 어딘들 어떠랴.

성남에서 가장 높은 동네

밤을 새워 일곱 시간을 달려
새벽 으스름을 안고
우리가 내린 곳은 청량리역이었다
다시 성남으로 가는
버스를 타려고 단대오거리에 내렸다

이삿짐을 버스에 다 실을 수 있는
이 기막힌 가난을 끌고
성남에서도 제일 높다는
상대원 비탈길을
싸락눈 밟으며 조마조마 올라야 했다

허름한 대문 밀치고 들어서자
마당에는 얼지 말라며
헌옷가지로 둘둘 만 수도꼭지가 보였다
공동 수도인 셈이다
디귿 자 형으로 지은

달마다 세를 내야 하는 월세 집이었다

아버지는 문간방이
우리의 새 보금자리라 했다
꼭대기 집이었지만 수도가 있고
마당이 시멘트 바닥이라
비가 와도 질척거리지도 않았다

이제 우리도 아궁이에
나무 대신 연탄불을 넣을 수 있어 좋았다
가끔 공중화장실 앞에서
줄 서서 기다리면서
내려다보는 성남시 상대원동
제2의 고향으로 익어가고 있다.

공장은 이름이 있어야 하나

성남에 이사를 오자마자
얼마 안 돼
아버지는 목걸이 공장에 밀어넣었다
가정집에다 조그마하게
차려놓았으니 이름조차 없었다
우리가 사는 뒷집이라
엎어지면 코 닿는 그런 공장이었다

아궁이에 연탄불 피워놓고
알루미늄 그릇 위에
납에다 염산을 넣고 끓여
땜질하는 목걸이 공장이었다

염산을 부으면
타는 납의 연기에
나는 코를 박고 살아야 했다
살갗에 닿기만 해도

타들어 가는 염산의
증기를 나는 들여 마셔야 했다

내 후각이
다 망가지는 줄도 모르고
쪼그리고 앉아 들이켜야 했다
그때는 아무것도 모르고
그래야만 사는 줄 알았다.

아, 목걸이 공장

공장은 반지하에 있었다
햇빛조차 들지 않았다
환풍기도 없던 그런 시절이라
문 열고 들어서면
숨부터 먼저 막히는 곳이었다
신주를 붕산에 찍어
땜질하는 목걸이 공장이었다

하루 일당이 백 원이라
토요일 일요일 없이
일해야 삼천 원을 받는 곳이었다

점심으로 싸간
도시락 다 까먹고
아홉 시까지 야근을 시켰지만
간식 하나 내어주지 않았다
사장 딸도 있었지만

우리 이름은 공돌이 공순이였다

퇴근하면서 나는
흘러가는 강물 위에
종이배를 띄우고, 로 시작하는
내 마음의 노래를 자주 들었다
어느 날 출근하자
공장 문이 굳게 닫혀 있었다

준다 준다하며 미루어 오던
내 세 달 치 월급
이제 어디서 받아야 하는가
내 어린 꿈을 짓밟고
야반도주해 버린 그 사람
이제는 이름도 내 기억에서 지웠다
오히려 내가 너무 아파서.

나는 위장취업자였다

아버지가 나를 다시
동마고무라는 곳으로 데리고 갔다
사업장등록이 되어 있어
주민등록등본을 가져오라 했다
월급을 지급하려면
반드시 필요하다는 것이다

그때, 엄마는
우리 앞집에 살고 있던
박승원이란 청년의 이름으로
공장에 다니면 된다고 했다
말하자면 위장취업이었다

나는 지난번처럼
월급만 떼이지 않으면 되었다
공장에서는 압축기로
콘덴서용 고무를 찍어 냈다
나는 샌드페이퍼에다
주위 부스러기를 깎아내는 것이
내가 해야 할 일이었다

자칫 실수라도 하는 날이면
손톱에 살점까지 떨어져 나갔다
갈수록 지문이 다 닳아져 갔다

손가락을 다친 날
기곗값이 얼마인 줄 아느냐며
사장한테 뒤통수를 호되게 얻어맞았다
철야 작업을 할 적이면
나를 형이라 부르던
강원도 출신 꼬마가 가르쳐 준
하남석의 <밤에 떠난 여인>이었다

"하얀 손을 흔들며~
입가에는 예쁜 미소 짓지만~"
칭칭 붕대 감은 손으로
나는 노래가락에 따라 장단 맞춰가며
부르던 그 노래
내 마음 달래주던 소년공의 노래였다.

매 맞는 공장

엄마는 완강하셨다
손가락까지 다치는 그런 공장
절대 더 다닐 수 없다고 하신다

그러자 아버지는
어디선가 공원모집 광고를 보고
내게 추천해 주신 공장은
가게용 아이스박스를 만드는
아주냉동이었다

나는 함석판을 자르고 접기 위해
절단기를 사용해야 했다.
잘못하면 손가락 몇 개쯤은
순식간에 날아가는 그런 곳이었다

잘라낸 함석의 단면은
마치 날이 선 칼날 같았다

위험하기 짝이 없었다
그래서인지
공장에서는 군복을 입은
선임자의 매질이 일상이었다

아침에 출근하자마자
줄 세워 놓고 군기를 잡았다
퇴근할 때도
불러놓고 몽둥이 찜질이었다

아, 나는 왜 이렇게 살아야 하나
귓불이 잘 생겨
성공할 거라는 점바치 말은 어디가고
이렇게 맨날 무너져야 하는가.

드디어 기능공이 되다

내가 다섯 번째로 다닌 공장은
야구 글러브와 스키 장갑을
만드는 직원이
이 삼백 명쯤 되는 대양실업이었다

가죽을 옮기고 쌓는 잠깐의
시다 생활을 거쳐
열다섯 살에 월급 1만 3천원 짜리
드디어 프레스공이 되었다

소 반 마리 크기의 가죽 원단
작업대 위에 펼쳐놓고
발로 페달을 밟으면
마치 단두대에서 머리통이 떨어지듯
프레스가 떨어지는 그런 작업이었다

기술을 제대로 익히지 않은
초짜 기능공 시절
프레스가 내 손목 관절을
으깨는 사고를 당하고 말았다

치료는 하지 않고
그냥 꽉 묶어 놓으면
시간이 흘러가면 나을 거라고 생각했다

뼈가 으스러졌는지
손목의 통증은 좀체 가시지 않았다
그래도 일을 해야 했다
그 사고 이후로
2층 포장 반으로 자리를 옮겨졌다
내가 그토록 바라던 기능공이었는데
무참하게 잘려 버렸다

여름이면 생가죽에서
품어져 나는 지독한 그 냄새가 싫어
나는 지금도
가죽장갑을 끼지 않는다.

권투는 왜 시키는가

브라보콘 한 개 값이
백 원이던 시절
내 한 달 용돈은 오십 원이었다
집에서 좀 가깝긴 해도
대양실업도 늘 걸어서 오가야 했다

문제는
선임들이 점심을 먹은 뒤에는
가끔 소년공들을 불러 모아
내기 권투 시합을 시키는 것이었다
지는 날이면
브라보콘 세 개 값을 내야 했다

월급이 구 천원이었으니
하루 치 일당이
다 나가는 터무니 없는 내기였다

비록 글러브를 낀 주먹이지만
한 대 얻어맞으면
머리가 핑 돌았다
맨주먹으로 맞는 것보다
그 충격이 훨씬 더 컸다

정말이지 공장관리자의 위세는
하늘을 찔렀다.
슬쩍 뒷조사를 해보니
고등학교를 졸업했다는 것이다

그제야 나는 알았다
적어도 고등학교는 졸업해야
공장 관리자가 되어
선임을 마음대로 부리면서
권투시합 시킬 수 있다는 것을.

시계 문자판만 보여요

다시 수소문하여
들어간 곳은 성남 상대원에서는
세 번째나 큰
시계 부속품들을 만드는
오리엔트라는 공장이었다

아직도 나는 소년공이었다
내 이름으로는
어느 곳에도 취직할 수 없었다
그래서 초등학교 때
나보다 나이가 많은
영웅이 이름을 빌려서 들어갔다

시계공장에 다니긴 했지만
나는 시계가 없었다
그런데 공장에서 시계를 줬다
알고 보니

새로 개발한 기종의 시계가
팔리지 않아
상여금 대신 주는 것이었다

참으로 기막힌 상술이었다
말하자면 억지로
직원들에게 팔아넘긴 것이었다

지금도 시계를 찬 사람을 보면
먼저 문자판부터 힐끔 쳐다본다
그 문양을 보면
얼마나 세심한 공정을 거쳤나가
금방 드러나기 때문이다.

검정고시 학원에 등록하다

공장에서 퇴근하면
곧장 학원으로 달려갔다
버스비 20원을 아끼려고
무조건 걸어 다녔다

시험은 4월과 8월에 있었다
40점 과락 없이
평균 60점을 얻어야 합격이었다
4월 말에 들어갔으니
세 달 공부하고 치르는 시험이었다

일단 영어는 포기했다
그런데 기적이 일어났다
abc도 모르던 내가
42.5점을 맞아 과락을 면했다
전 과목 67.5로 석 달만에
중학교 졸업 자격을 얻은 것이다

내가 죽어라 번 돈으로
1만원의 학원비를 내고 다녔지만

아버지는 뭐라 하지 않았다
아마 공부를 시키지 못한
미안한 마음 때문이 아니었을까

내가 다닌 대양실업이 망했다
어떻게 해서 공장은
왜 이리도 잘도 망하는 걸까
어느 날 갑자기
문을 닫고 사라지지를 않나
세 달치 월급을
떼먹고 야반도주를 하지 않나

그러다 보니
나는 번번이 실업자가 되고 말았다
중학교 졸업 자격을 가진
소년공이 되었을 뿐.

[제3부, 내 돌 밥그릇은 어디 있을까]

내 돌 밥그릇은 어디 있을까

내 돌이 돌아왔을 때
외할머니는 돌 반지 대신
안에 내 이름을 새겨
놋쇠 밥그릇을 선물로 보내 주셨다

늘 따뜻한 밥 먹고 살라시며
놋그릇처럼 단단하고
쟁쟁한 인물 되라고 하시며
인편을 통해 어머니께 보내 주셨다

다락방에 제기들과 함께
넣어놓은 내 돌 밥그릇
공부하다 올라가
혼자 쓰다듬어 보면
따뜻하게 피어나는 쌀밥의 향기

성남으로 이사 오자

먹고 살기가 어렵다고
아버지는 다른 놋그릇과 함께
다 팔아먹었다

내 이름까지도
내게 한 마디 묻지 않고
팔아 버린 우리 아버지

지금 그 돌 밥그릇은
어디에서 나를 찾고 있을까.

내 이름을 죄명이라 부르던 친구

학교에 들어가면
아이들은 어느 때가 되면 으레
별명을 지어 부른다
뒤통수가 좀 튀어나온 친구는
어느새 짱구나 곰배가 되고
코가 좀 크면
코끼리라는 별명을 붙였다

하지만, 나는 별명이 없다
별명이 없긴 하지만 아이들은
나를 부를 때
재 자에 힘을 주어 재명이라 부른다

나는 아무리 들어봐도
내게는 죄명이라고 들린다
그렇게 부르지 말라 다그치면
이내 목소리를 낮추고 만다

아버지가 밝게 살아라 지어주신
재명이라는 내 이름,

가끔 친구들이 죄명이 뭐냐면
이내 나는
내 죄명은 재명이라 지은 죄라며
피식 웃어버린다.

나의 소녀들에게

상원동 오리엔트 시계공장은
같은 공장에서 일하고 있어도
작업실이 다르면
누가 누구인지 모를 만큼
수천 명의 근로자들이 일했다

2층 도금실 맞은 편에는
시계 조립실이 있었다
이중 문 건너다 보이는 곳에
긴 머리의 소녀가 앉아 있다

아는 것이라야 공장 앞에서
자취하고 있다는 것과
성이 최씨라는 것 뿐이었다

다가가고 싶었지만
어떻게 말을 걸어야 하나

오랜 고민 끝에
베토벤 운명 교향곡 카세트를 사서
가방에 넣고 다녔다
끝내 말 한마디 붙이지 못한
나는 팔병신 소년공이었다

그리고 성남 인현 독서실에서
마주 보고 앉아 공부하던
그 여고생
자리를 정리하고 떠날 때까지
나는 왜
말 한마디 붙이지 못했을까

혼자 유행가 "밤에 떠난 여인"을
불러야 하는
팔 굽은 소년공이 내 이름이었다.

우리는 떠돌이였다

성남으로 이사와
우리는 열 번이나 이사를 했다
말하자면 상대원동
월세로 떠도는 떠돌이였다

아버지는 상대원 시장
청소부였다
시장 구석구석을 다니며
가게 쓰레기를 치워주고
천 원도 받고
어떤 곳에서는 이 천원도 받았다

엄마와 내 여동생은
시장통에서 화장실을 지켰다
그 냄새 나는 화장실 앞에서
밤을 새워 지켜야 했다
소변은 10원, 대변은 20원을 받았다

열 번의 이사 끝에
우리는 40평짜리 집에 들어가
발을 뻗었다
더는 쫓겨 다니지 않고
이제는 세까지 내어줄 수 있었다

한 달에 내 용돈 오십 원으로
버티어 낸,
나와 우리 가족 피눈물의 댓가였다
지금은 상대원 성당
앞마당으로 앉아 있다.

내 책상은 재봉틀이었다

공장일을 마치고
단칸방 셋방 집에 돌아가면
내가 앉아 공부할
그런 책상이 없었다

나는 앉은뱅이 재봉틀 위에
책과 노트를 펼쳐놓고
미적분을 풀고 또 풀었다

내가 밤새 켜 놓은
30촉 백열전구 밑에서
우리 식구들은
몸을 뒤척여야만 했었다

공장에서 돌아오니
5촉짜리 전구로 바뀌어 있었다
늘 공부는 무슨 공부냐고 핀잔하는

아버지의 소행이라
나는 그저 눈물만 삼켰다

자식이 공부하겠다는데
그것도 왼쪽 팔이 굽어
노동일로는 먹고 살 수 없다는 것을
번연히 알면서도
내 앞길을 가로막았다

그러나 어쩌랴
내 아버지인 것을.

당신, 내 아버지 맞나요

통금이 있었던 그 시절을
나는 살아왔다
밤 12시에서 새벽 4시 사이
밖으로 다녔다가는
경찰서에 끌려간다

어느 여름 일요일
아버지는 4시가 가까워지면
나를 깨운다
상대원 시장에 가봐야 한다며
자루부터 먼저 챙기신다

그러다 4시가 되면
삐걱거리는 대문짝을 밀고
후레쉬 불빛 앞세워
상대원 비탈길을 내려가신다

과일 가게부터
먼저 찾으시는 우리 아버지
쓰레기통에서 뒤져낸 것은
겉이 약간 문드러진 토마토였다

손바닥으로 쓱쓱 문질러
내 앞에 내놓으시며
괜찮으니 먹으라고 하신다
이런걸 자식에게
당신, 내 아버지 맞나요.

자전거 사던 날

자전거를 타고 싶었다
그렇지만 어떻게 할 것인가
가끔 내 이종사촌 병국이
자전거 빌려 타는 것이 고작이었다

어느 날 아버지가
자전거를 끌고 집에 오셨다
그날 이후 우리 집에서
자전거를 가장 많이 타는 사람이 나였다

차비가 들지 않아 좋았다
자전거를 끌고
성남 구석구석을 돌아다녔다
머리가 복잡할 때는
바람을 가르며 페달을 밟으면
가슴이 뻥 뚫렸다

상대원 고갯길을 오를 적이면
숨이 꽉꽉 막혀 왔지만
내리막길 달릴 때는
마치 날개를 단 듯 신이 났다

이런 세상이 있는 줄
처음 알았다
자전거가 우리 집에 들어오니.

부서 좀 옮겨주세요

말 그대로 청정지역이 있다
이중문 안 쪽에 있어서
근무시간에도 허가 없이
누구도 들어올 수 없는 곳이다
그게 바로 라카실이다

그곳에서는 누가 뭘해도
주어진 하루 치 할당량만
맞추어 놓으면 그만이었다

시계판 락카칠은
여간 세심하지 않으면 안 되었다
그 농도와 두께를
소비자가 느낄 수 없어야 했다

실패를 거듭하지 않고서는
도저히 오를 수 없는 자리였다

농도를 맞춰 배합하면서
흰색이
몇십 가지가 된다는 사실도
그때야 알았다

불량품을 찾아내는 일에
검사 요원이 세 명이나
달라붙어 있었지만
나는 멀찍이 벗어나 있었다
그 시간에
나는 책을 읽고 또 읽었다.

아무것도 바뀌지 않았다

1980년 4월이었다
대입검정고시에 내가 합격을 한 것이다
아무도 축하해주는 사람이
없는 나만의 합격이었다

합격했다는 소식을
가족 누구에게도 알리지 않았다
오히려 그것이 편했다
검정고시로 내 형편이 바뀐 것은 없었다

고졸 자격을 획득하면
무언가 바뀔 줄 알았지만
나는 여전히
시계공장 락카실에 앉아 있었다

밀폐된 방에서
아세톤에 벤졸과 씨름을 해야 했다

평소 여자들이
매니큐어를 지울 때 사용한다는
그 역겨운 아세톤을
나는 들이마시고 또 마셔야 했다

코는 비틀어지고
한쪽 코로는 숨을 쉴 수 없는
비중격만곡증*은
소년공 공돌이로 떠돌다
냄새를 잃어버리고
내가 처음으로 얻은 병명이었다.

* 비중격만곡증은 코의 중앙에 수직으로 위치하여 콧구멍을
둘로 나누는 벽인 비중격이 휘어져서 코와 관련된 이상 증상을
일으키거나 코막힘, 부비동염 등의 기능적 장애를 유발하는 증
상을 말한다

섬도 아닌 섬에 야유회를 가다

가을이 한창 깊어 갈 무렵
공장에서는 남이섬으로
야유회를 떠난다는 것이다

지금까지 바다를 한 번도
구경해 본 적이 없는
나는 바다를 보게 되었다며
마냥 가슴이 설렜다

그런데 나중에 알고 보니
섬은 섬인데
남이 장군의 묘가 있는
북한강 있는 섬이라 한다

우리들 점심으로
돼지고기를 볶아서 내놓았다
나는 태어나, 처음으로 맘껏 먹었다

아, 지금도
잊지 못하는 그 맛 돼지고기 볶음

우리는 동그랗게 둘러앉아
박수치며 부른 노래는
"강물은 흘러갑니다
제3한강교 밑을"이라는
혜은이의 노래 「제3한강교」였다

한남대교를 건널 때마다
생각나는 그 노래
강물은 소년공의 추억을 안고
출렁출렁 흘러가고 있다.

나에게 찾아온 행운의 여신

공장 일이 끝나면
부랴부랴
성남에서 버스 한 번으로
갈 수 있는 입시학원은
답십리에 있는 삼영학원 뿐이었다

1981년부터 학력고사 성적만으로
대학에 들어갈 수 있다고 했다
주관식으로 본고사
시험을 치르지 않아도 되었다

학원에 두 달 다니고 치른 시험은
전국 20만 등쯤 되었다
대략 2~3천 등은 돼야
장학생으로 학교 다닐 수 있는데

7월 초입에

6년 넘어 다니던 공장을 떠났다
그나마 조금 나온
퇴직금으로 학원비를 충당할 수 있었다

10월 말 모의고사에서
전국에서 1천 5백 등까지 올랐다
걸어다니면서, 심지어
화장실에서도 영어단어를 외웠다

굽은 팔 소년공이
세상에 살아남는 법은
이 길 말고는 없었다
아무리 내 머리를 짜내도.

내 삶의 아픈 훈장

나는 반팔셔츠를 입지 않는다
꾸부정한 팔을
보여준다는 것이 창피해서
아무리 더운
그런 여름철이라 해도
늘 긴팔 셔츠를 입고 다닌다

프레스에 눌려
팔을 다친 것이 키가 크면서
굳어버리고 만 것이다
나이를 속여
위장 취업한 상태여서
공장에 한마디 말도 못했다

어쩌다 친구끼리 모여
기념사진을 찍자고 하면
나는 뒤꽁무니를 뺀다

사진 속에 영원히
팔 병신으로 남기 싫어서다

나의 왼팔은
누구에게도 내어놓을 수 없는
소년공 시절의 아픔이
새겨진
내 삶의 아픈 훈장이었다.

수면제 주세요

나는 대학에 꼭 들어가야 하는데
나왔던 오리엔트 공장을
다시 입사하라는
아버지의 성화가 불같았다

나는 벌써 원서를 내고 왔다면서
아버지께 거짓말을 했다
그러자 발표 날이 되자
가서 확인해 보라는 것이었다

죽고 싶었다
나는 일기장에는 죽고 싶다는
말을 수없이 썼다
정말 죽고 싶은 것이 아니라
이렇게 살고 싶지 않다고
그렇게 말하는 것이
어쩌면 맞는 말일지도 모른다

수면제를 사 먹고
연탄 한 장 피워놓으면
지독한 가난에서 풀려날 것이다
약국에서 수면제를 조심스레 사모아
입에 털어 넣고 다락에서
연탄불을 피워놓고 슬쩍 잠들었다

나중에 안 사실이지만
심각한 내 얼굴을 본 약사 선생님이
수면제 대신
소화제를 계속 처방해 주었다
어쩐지 잠이 오지 않는다 했다.

이 새끼, 개판이구만

내가 열다섯 무렵이 되자
키가 한 해에 무려 15센티나 자랐다
하지만 이를 어쩌나
왼쪽 팔이 굴절 되어
성장판이 깨져
팔목이 뒤틀려 버렸다

떨어지는 프레스에
미쳐 손을 빼지 못한 것이다
비록 통증은 있었지만
어린 나이에 참고 시간이 흐르면 나을 줄 알았다

군대 가기 위해
징병 검사 받으러 가서야
나는 처음으로
손목과 팔목 엑스레이를 찍었다

나를 올려보던 군의관
한다는 말이
이 새끼, 개판이구만 이었다
팔이 개판으로 굳어져
지금도 나는 넥타이를
한 손으로 매야만 한다

아, 내 굽은 팔이여
미안하다.

[제4부, 나도 교복을 입고 싶었다]

나도 교복을 입고 싶었다

나는 추억이 다릅니다
남들 다 입고 다닌다는
교복에 대한
그런 추억은 하나도 없습니다

교복 대신 작업복을 걸치고
내 이름으로도
월급을 받지 못하는
시다이기 때문입니다

출퇴근 길에
하얀 교복 칼라 받쳐입은
내가 아는 우리 동네 여학생
어쩌다 마주치면
고개 돌려야 하는
나는 소년공입니다

학비 없어
학교에 가지 못하는 나를
억지로 공장에 밀어 넣은
우리 아버지
마음은 편안하셨을까

교복 입고 싶어하는
이 자식의 마음을
알고나 계셨을까.

하늘 끝까지, 저 하늘 끝까지

겨울이 되면
청량산 1번지는 바람이 많이 불었다

슬레이트로 지어 올린 집이어서
이불을 뒤집어쓰고도
오들오들 춥기는 매한가지였다

나는 낫 한 자루 챙겨
산에 올라 산죽을 꺾었다
누런 비료 포대 뜯어
방패연을 만들어 산에 올랐다

습자지로 만들어야
가벼워 높이 난다는 건 알지만
습자지를 사야는데
집 안에 돈이 있을 턱이 없었다

나는 방패연에다 내 이름을 썼다
높이 높이 날아올라야 한다
야, 재명아
연줄이 다할 때까지 풀어줄 테니
하늘 끝까지
저 하늘 끝까지 날아오르렴.

똥이 밥이다

성남에 이사와 살면서
이제 더 이상
우리는 부끄러울 여가가 없었다
물러설 곳도 없었다

우리가 뛰어든 곳은 전선이었다
어찌 보면
거미줄에 걸려 파닥이는
나방과 다를 바 없었다

학교 다닐 때
내가 늘 화장실 당번이었듯이
이제는 우리 엄마가
화장실 당번을 하고 계신다

공중화장실 앞에
책상 하나 가져다 놓고

똥 마려운 사람들 소맷자락 붙잡고 있다
공짜로 들어가면 안 된다고

어머니, "냄새 안 나셔요"라는 말에
냄새는 무슨 냄새, 우리는 똥이 밥이다,
그 말씀
나이 들어도 지워지지 않는다

가난한 우리에게 누가 돌을 던질 것인가.

나의 스승님은

검정고시를 준비하면서
내가 다닌 학원은
단과만 있는 성남의 성일학원이었다

공장에서 받은 월급으로
세 달쯤 다니고 나니
학원비를 도저히 더는 낼 수가 없었다
집에 손을 벌린다는 건
상상조차 할 수 없는 일이었다

더 이상 다닐 수 없다고 하자
원장 선생님은
재명아, 너는 할 수 있다며
그냥 다녀도 된다며
내 머리를 쓰다듬어 주셨다
동생이 있으면
동생도 그냥 다니라 하셨다

나도 모르게 울컥 눈물이 났다
내 월급을 떼먹고
도망치는 사장도 있는데
난생 처음으로
원장님에게 인정받았다

사법고시 합격증 받아들고
찾아뵙자
나는 너를 믿고 있었다며
해낼 줄 알았다며
눈물지으시던 김창구 원장님

그래도 세상이 따뜻하다는 것을
당신 때문에 알게 되었습니다.

아버지의 죽음

위암 수술 두 차례나 받으시고
누워 병실 천정 올려다보시며
눈만 껌벅이시는
우리 아버지
내 손을 가만히 잡으신다

적게 배운 것도 아닌데
자식들 길 하나 변변하게 열어주지 못하고
시장통 청소일이나 하시다
화롯불처럼 사위어 가고 있다

먼 친척이 병문안 왔을 때
내가 그놈 법대 보냈다며
자랑스러워 하시던
우리 아버지
맞아요, 아버지가 저를 법대 보냈어요
그건 참 잘한 일이라고 여기던

아버지는 가셨다
사법고시 합격 소식도 듣지 못하고

청량산 바람소리와
상대원동 시장통 그 시끌벅적한 소리
다 던져버리고
아버지는 먼 길을 가셨다
영영 돌아올 수 없는 그 길을.

제삿날을 기다리며

우리나라 유교의 본산으로
안동을 치는 것을
사람들은 주저하지 않는다

나는 유학의 본고장이라고 하는
안동에서 태어났으니
제사의 절차와 법도는
어릴 적부터 자연스레 보고 들었다

제사상을 차릴 때는 반드시
붉은 과일은 동쪽에 놓고
하얀색 과일은 서쪽에 놓는다는
홍동백서(紅東白西)나
생선의 머리는 동쪽으로
꼬리는 서쪽으로 두어야 한다는
동두서미(東頭西尾)쯤은
귀에 딱정이 앉을 정도로 듣고 자랐다

나는 제사보다 젯밥이라고
내 눈에는 과일만 보였다
평소에
과일을 먹는다는 게
사치라면 사치였기 때문이다

제수 과일은 서울에 사시는
삼촌이 늘 담당하셨다
그래서 내가
삼촌을 더 따랐는지도 모른다
내가 제일 좋아하는
과일을 가져오시는 삼촌을.

광주여 미안하다

전라도 시민들은
누구할 것 없이 다 폭도라 한다
심지어 빨갱이라고도 한다
서슴치 않고
죽여버려야 한다고도 한다

나는 대학에 가서야 알았다
다시 5월이 오자
중앙도서관 앞에 서 있는
키 큰 아카시아 나무 위로
학생이 올라가
철필로 긁은 유인물을 뿌렸다

며칠 뒤에는
건물 옥상에 밧줄을 걸고
내려오던 한 학생이 외쳤다
광주는 알고 있다

살인마가 누구인가를
그들은 전경들 손에
왜 개처럼 왜 두들겨 맞아야 하나

사진첩을 보고
비디오를 보고서야
지금까지 내가 속고 있었다는 것을
그들이 우리를 속여 온 것을 알았다

그렇다면 장차,
내가 걸어가야 할 길은 어디란 말인가
나도 몰래 불끈 쥐어진 주먹
광주여, 미안하다
정말, 미안하다.

여동생의 죽음 앞에서

나는 내 가슴에 묻고 사는
여동생이 하나 있다
고등학교는 형편상 가지 못하고
중학교는 제대로 마쳤다

하지만 그 정도 학력으로
어디도 통하는 곳이 없어
성남 협진양행이라는
봉제공장 미싱 보조사로 들어갔다

성당에 열심히 나가더니
그곳에서
일곱 살이나 더 많은
전라도 출신 노동자를 만나
결혼하게 되었다

나중에는

요구르트 배달을 했는데
내가 시장이 되자
오빠에게 누를 끼칠 수 있다며
인근의 시로 이사 가
청소 미화원으로 살았다

이게 왠 말인가
이른 새벽
화장실 청소 일하다가
뇌출혈로 쓰러졌다는 것이다

오빠가 사법고시 합격했다고
내 품에 안겨
눈물을 쏟던
그 동생은 지금은 없다
홀로 그 먼 길을 떠났으니.

닦고 조이고 기름치자

내 어릴 적 좌우명은
닦고, 조이고 기름 치자였다

성남 상대원동 소년공 시절
공장에 가다 보면
자동차 정비 공장이 하나 있었다
그 공장 입구에
높다랗게 걸린 표어가 있었다

들어갈 때
찌그러지고 망가진 차들도
공장에서 나올 때는
모든 차들이 번쩍번쩍 하였다

어쩌다 나는
가난으로 찢어지고 망가져
이름 없는 소년공으로

교복 한번 입어보지 못하고
공장에 다니고 있었다

나도
닦고, 조이고 기름을 치다보면
으리 번쩍하게
언젠가는 다시 피어날 수 있겠지
그래, 이제부터 해보는 거다
나를 닦고
조이고 기름치는 그 일을
내 평생 가슴에 품었다

그래, 닦고 조이고 기름칠하며 살자.

첫 미팅이 마지막 미팅

고무신에 늘
교련복이나 입고 다니는
후줄근한 대학생을
눈여겨보는 여학생은 없었다

거기다
팔까지 엉거주춤 굽어 있으니
내가 나를 보아도
대학 내에서 꼴불견이 아니었을까

성남에다
변호사 사무실을 개업하고 나니
나를 보는 눈이 달라졌다
장래가 촉망되는 청년이라고
수군거리기 시작했다

첫 미팅 자리

피아노를 전공했다는 그녀를 앞에 두고
소년공 시절을 거쳐
검정고시 출신에
가난한 집안 이야기까지
몽땅 다 털어놓고 말았다

세상 물정 모르고
티 없이 자라온 그녀 앞에 눈치도 없이.

변호사는 굶지 않는다

군사독재정권으로부터
임명장을 받는 것은 수치다

연수원생들 사이에 그런 목소리가
툭툭 튀어나오던 그 시절
일찌감치
나는, 변호사 길을 가겠다고
설레발을 치고 다녔다

판검사를 하다 나오기만 하면
전관예우로 사무실 하나
차리기는 식은 죽 먹기였는데
나는 그 길을 버렸다

낮은 소리를 듣고 싶었다
그들을 대변해 주고 싶었다
인권이 짓밟히면서도

인권이 무엇인 줄도 모르는
사람들 앞에
나는 당당히 서고 싶었다

내가 확신을 가질 수 있었던 건
그 당시
노무현 변호사의 말 한 마디였다
변호사는 굶지 않는다
그래, 뛰어들자
제2의 고향 내가 사는 성남에.

내가 살던 고향은

청량산 자락에서 흘러드는
그 맑은 물소리에
내 귀를 씻던 어린 시절
그 바람 소리가 그리워진다

봄이면 온 산을
연분홍빛으로 물들이던
내 고향 산이 그리워진다

이용복 가수의
진달래 먹고 물장구치고
다람쥐 쫓던
내 어린 시절이 그리워진다

가을이면
누렇게 고개 숙인 벼 이삭
그 사이를 뛰어다니던 메뚜기

잡아다 구워 먹던
아, 그 시절의 아련한 추억이
문득문득 그리워진다

내 가난의 태를 묻은
도촌리 지통마을 친구들
이제는 만나고 싶다
그때 그 시절로
우리, 돌아갈 수가 없을까.

스스로 들어간 곳은 호랑이 굴이었다

나는 낮에 밭을 갈고
밤에 책을 읽는 주경야독이 아니라
낮에는 공장에 다니고
밤에 책을 읽는
주공야독, 소년공이었다

초등학교를 졸업하고
4년 6개월 만에 법대에 들어갔다
처음 법률 서적을 펼쳐 들자
눈앞이 캄캄할 수밖에 없었다

조사 빼고는
온통 뜻도 의미도 알 수 없는
한자 한자어로 뒤덮인 법서들
나로서는 맨주먹으로 바위치기였다

누구를 탓할 수도 없었다

내 스스로 찾아든 호랑이 굴이었다
그 모습이
얼마나 애처로워 보였을까
어느 날 아버지가
내 앞에 불쑥 내민 건 옥편이었다

"법이란 것은
한자가 처음이고, 마지막이야"
그러시면서
내 등을 두드려주시던 아버지의 그 손길
이제 그립다.

[제5부, 정치가 뭐냐고]

정치가 뭐냐고

선거철이 되기만 하면
거리로 뛰쳐나와 외치는 소리가 있다

민중의 지팡이가 되고
머슴이 되겠다는 그 소리
그건 아니지 않는가
정치에는
가감승제의 법칙이 있다는 것도 모르고

빼기의 정치는
생각이 다른 사람들 빼내 버리면 된다
나누기의 정치는
편 가르기 해서 몰아세우면 된다

하지만
더하기 정치는 어렵다
모두 품어야 하고, 안아야 하기 때문이다

그 무엇보다도
곱하기 정치는 더 더욱 어렵다
지금까지의 관행과 관습
그리고 이념까지
훌쩍 뛰어넘어야 하니까.

울고넘는 박달재

산을 넘으면서
울면서 넘어야 했다면
그 사람의 사연은
얼마나 기구하고 아팠을까

어린 소년공 공돌이
검정고시 공부하면서
즐겨 불렀던 노래 하나가 있다

아내가 설거지하면서
코로 흥얼거리던 그 노래
내가 즐겨 불렀던 것을
우리 아내는
어떻게 용케 알아냈을까

아내의 아버지가 살던 고향이
박달재 밑이라

어릴 적부터 들어왔다는
울고 넘는 박달재를
저녁 식사를 기다리며 내가 듣는다

궂은 비를 맞으며
천둥산 박달재를 울며 넘어야 했던
그 사람의 사연
눈물을 삼키며 나도 걸었다

소년공이라는 이름을 목에 걸고서.

논하지 마라

손바닥에 굳은살
한번 배겨보지 않고

발바닥에
물집 한번 잡혀보지 않고

삶을,
그리고
인생을 논하지 마라

더욱이
정치는 말할 것도 없다.

아는 사람

사람들은
듣고 알 수가 있다

사람들은
보고 알 수가 있다

그 보다
보고 듣지는 않았지만
직접 부딪혀 보면
더 잘 알 수가 있다

가난도
뼈저리게 겪어보면
그렇다.

오늘은 사이다 잔칫날이다

초등학교 시절 소풍갔을 때
100원을 주고 사 먹었던
그 사이다
혀끝을 톡 쏘며 목으로 넘어가는
시원한 그 맛을
나는 지금도 잊을 수 없다

누가 언제 붙였는지 모르지만
재명이라는
내 이름 대신
나를 사이다라고 부르기 시작했다

소년공 시절이 그리워
혼자 상대원 시장통에 들렸을 때
나를 알아본 할머니,
다짜고짜 사이다 한 잔 주이소 한다

나도 한 잔 주이소 하며
따라나서는 할머니 친구분들
오늘은 사이다 잔칫날이다
그 할머니가 좋은 날 건배는
사이다로 하자고 제안하신다

내 엄마 같은
그 할머니, 소식이 궁금하다.

시소를 타다 보면

백인 백색이라는 말이 있다
한집안에서도
아버지의 생각과
아들과 딸의 생각은 다르기 마련이다

그런데 들어보면
다 맞다, 서로 다른 데도 맞다
억지로 맞추려다 보면
오히려 어긋나 버릴 수가 있다

시소를 타다 보면
오르고 내림이 있기 마련이다
서로 팽팽하게
버티고 있기 위해
시소를 타는 사람은 없다

오르내림 속에 흥이 있다

나는 보았다
그들 두 사람이 바라보는 곳이
시이소의 받침대라는 것을

생각은 서로 달라도 된다
서로가 바라보는 곳이
한곳이면 된다
어디도 기울지 않고
중심을 잡아주는 한 가운데
시소의 받침대 같은 곳이면 된다.

미리 치러야 하는 전쟁

우리는 다 안다
3월이 되면 날이 건조하다는 것을

초등학교 다닐 때
선생님들은
학년이 올라가면 꺼진 불도
다시 보아야 한다며
산불 조심 표어 짓기 숙제를 내주었다

이제는 모두
도시에 모여 살다 보니
학교에서는 산불 조심
표어 짓기 숙제도 내주지 않는다

산불이 전쟁보다 더 무섭다는 것을
잘 알면서도
우리는 해마다

산불 전쟁을 치르고 있다

봄이면 벌건 혓바닥을 날름대며
쳐들어오는 저 붉은 무리들
미리 나서서 무찔러야 한다

3월이 오면
산불 전쟁, 우리가 먼저 선포하고
저 붉은 혓바닥을
먼저 뽑아 버려야 한다
이 아름다운 금수강산 지켜내기 위해서는.

내가 풀어보는 내 이름

내 본관은 경주이다
국당공파 41대 손이라 한다

시조 되시는 분은
신라 여섯 촌장 중에 양산에서 사셨던
알평이라는 분이라고 한다

한 세대를 대략
30년으로 잡고 있으니
1200년의 세월은 흐른 듯하다

내 이름에는 있을 재(在)에
밝을 명(明)을 쓰고 있으니
밝음이 있으라는 뜻이겠다
더욱이 명(明) 자에는
해와 달이 함께 있으니

이보다 더 큰 광영이 어디 있을까

나의 어린 시절은
그믐으로 시작하였다가
초승을 지나, 어느덧 상현을 지나
만월의 보름달로 나아가는
그 과정의 어디쯤이 아닐까

길을 지나던
점바치가 가르쳐 준 대로.

내가 아는 정치는

사람들을 만나다 보면
누구 하나 정치가 아닌 사람이 없다
이건 이렇고,
저건 저렇고 하면서
한마디쯤은 다 할 줄 안다

그러면서 핏대를 올린다
뽑아 놓고 나면 다 똑같은
그 나물에
그 밥이라고 목청을 돋운다

아전인수라는 말이 있다
제 논에 물 끌어들인다는 말이다
뽑아 놓으니 그 모양이니
욕을 먹는 것은 너무 당연하다

정치를 한다면서

144

물길을 터주어야 하는데
오히려 둑을 쌓아 막고 나서는 사람이 있다
그러다가는
둑이 터진다는 것도 모르고

내가 아는 정치는
국민의 소리 듣고 들어가며
물길을 터주는 일이다
콸콸 흘러
바다로 이르게 해주는 일이다
이념과 색깔을 넘어.

청량산 1번지

내가 가난한 태를 묻은 곳은
물이 맑고,
공기 좋다는 청량산 자락이었다

안동이라기보다는
경상북도에서 오지라고 알려진
봉화가 더 가까운
예안 도촌리 지통마을이었다.

청량산 1번지는
내가 지어낸 번지수였다
마을에서도 제일 높은 곳이었다.
산비탈에 밭을 일구며 사는
하루에 한 번
버스가 다니는 마을이었다

그곳에 겨우 비나 피할 수 있게

얼기설기 슬레이트로 지은
벽돌집이 내가 사는 집이었다
조나 수수를 심어
끼니를 이어가는 깡촌이었다

우리 칠 남매
등짝 기대고 살던 보금자리
눈에 선하다, 지금도.

가자, 질풍가도로

내가 좋아하는 노래가 있다
내 꿈을 닮아서 더 그런지도 모른다
우연히 들었던 그 노래,
나는 틈이 나면 혼자 부르곤 한다

한 번 더 나에게 질풍 같은 용기를
거친 파도에도 굴하지 않게
드넓은 대지에 다시 새길 희망을
안고 달려갈 거야, 너에게 너에게

그래 이런 내 모습
게을러 보이고 우습게도 보일 거야
하지만, 내게 주어진 무거운 운명에
나는 다시 태어나 싸울 거야

한 번 더 나에게 질풍 같은 용기를
거친 파도에도 굴하지 않게

드넓은 대지에 다시 새길 희망을
안고 달려갈 거야 너에게 너에게

세상에 도전하는 게 외로울지라도
함께 해줄 우정을 믿고 있어
한 번 더 나에게 질풍 같은 용기를
거친 파도에도 굴하지 않게
드넓은 대지에 다시 새길 희망을
안고 달려갈 거야 너에게

소년공 공돌이 재명이는
이 노래를,
평생 가슴에 안고 살아갈 거야
내 목숨이 다하는 그날까지.

굽은 세상에 바치는 노래

내 팔은 굽었다
이제는 펼 수 없게 굽어버렸다

굽은 팔을 내려다보며
내가 바라보는 세상
그도 나를 닮았는지 굽어 있다

나는 내 이 굽은 팔을
펴지 못한다 해도
세상의 모든 굽은 팔을 펼 수만 있다면
달려가리라
펄펄 끓는 저 용광로 속일지라도
내, 달려가 뛰어들리라

가만히 돌아다보면
왼팔도 굽었고
오른팔도 굽어버린 이 세상

왼팔은 오른팔을 보고 비웃고
오른팔은
왼팔을 보고 병신이라 비웃는
이 허망하고 허탈한 세상

내 희망의 씨앗을 뿌리리라
땅이 씨앗을 품듯이
다 끌어안고
지천으로 피는 꽃, 휘날리는 꽃향기
내가 피워내리라
내 조국 이 땅 위에다.

이재명은 합니다

앞에
산이 버티고 있다고 하여
돌아서 가고

뒤에
강이 가로막고 있다고 하여
돌아서 가고
그러다 보면 뒤처지고 맙니다

산이 있으면 터널을 뚫고
강이 있으면
다리를 놓으면서
저는 앞으로 앞으로 나아갈 것입니다

소는 누가 키우냐고
저에게 묻지 마십시오

소는
저 이재명이가 키우겠습니다

왜냐고요
소는 대한민국이기 때문입니다
그러기에 이재명은 합니다.

소년공이 온다　　이민호(시인·문학평론가)

1. 두 가지 욕망

2024년 10월 10일. 한국 문단은 그동안 맺혔던 뜻을 풀었다. 한강이 노벨문학상을 수상한 날이었다. 살아생전에는 일어나지 않을 일이라 치부했던 소식이었다. 그 순간 온 나라가 잠시 무엇에 들린 듯했다. 예상하지 못했던 듯 어느 평론가도 인터뷰 내내 당황스레 말을 더듬었다. 축하하는 말도 넉넉하지 못했다. 내로라하는 국내 작가들이 내심 충격으로 휘청거렸는지 모를 일이었다. 왜 그가? 왜 그 소설이? 좀체 드러낼 수 없는 기류가 한국 문단을 잠시 침묵 속에 빠트렸다. 곧바로 상찬이 쏟아지기는 했지만 멋쩍었다. 실시간 주가 시세에 눈길을 빼앗겼던 어른들이, 게임에 몸과 마음을 던졌던 아이들이 서점으로 몰려갔다. 오랜만에 출판계도 덩달아 마음이 달아올랐다.

노벨문학상이 시쳇말로 "뭣이 중한디". 노벨문학상 수상을 한국 문학의 숙원처럼 여겼기 때문이다. 10월이면 이번에는 "난가?" 자칭타칭 명망 있는 작가 시인들이 선뜻 받아 들 태세로 서성였던 기억이 생생하다. 기자들이 그 집 앞에 진을 치고 특종을 받고자 장사진을 치기도 했다. 그러나 아무 일도 없었다. 그리고 아무도 크게 실망하지는 않았다. 쉽지 않은 승부라 위안했을 것이다.

그런데 강민숙이 들고 온 이 뜨거운 생명은 또 무언가. 아직 핏기 다 가시지 않은 시집을 받아 들고 주체할 수 없는 것이 몸을 흔든다. 머지않아 한 번 맺힌 설움을 풀어내는 날이 온다. 그날은 백마 타고 올 초인을 기다리는 날이다. 노벨상 수상으로 한강이 풀어낸 우리의 욕망은 심리적 지층에 먼지처럼 쌓인 것이다. 한번 털어내면 그만이다. 그러나 강민숙이 풀어내려는 우리의 비원은 역사의 바람벽에 새겨진 통곡이다. 누대에 걸쳐 덕지덕지 눈물로 칠한 땟국물이다. 여간해서는 지울 수 없고 상처가 깊어 도려낼 수 없는 뼈아픈 이야기다.

역사의 악몽을 헤치고 누군가 도래하여 우리 앞에 설 때마다 우리를 옭아맸던 소리가 들린다. "왜 그가?" 이 시집이 그에 답한다. 한강이 위축됐던 우리 자아를 풀어주고, 자유롭게 살아가도록 길을 열어 주었듯이 강민숙은 우리 앞에 놓인 생의 얽힌 실타래를 풀어주고 자유롭게 살아갈 수 있도록 호밀밭의 파수꾼을 데려왔다. 살아생전 무언가 일어나게.

2. 하늘을 보았다

아기가 태어날 때 누군가 곁에 지켜 서서 받아 주어야 한다. 이 세상에 홀로 던져진 존재는 스스로 일어서기까지 살 수 없다. 이 시집은 강민숙이 받아낸 새 생명이다. 우리도 그 곁에 있어야 할 까닭이 있다. 그 아이는 오래된 미래다. 오늘 우리가 살아갈 방도는 이미 오래전에 구축됐듯이 이 시집에 담은 '소년공' 이야기는 태어나고 또 태어나며 앞으로도 태어날 주체이다. 언제까지 그렇게 해야 한단 말인가. 이 시집은 서슴없이 답하고 증언한다. 소년공이 가난과 억압에서 풀려나 일어서서 자유롭게 자기 앞의 생을 구가할 그날까지라고.

내가 신고 다닌 신은
검정 고무신이었다
타이어 고무로 만들었는지
아무리 신고 다녀도
닳지 않는 것이 신기했다

학교 들어갈 때는
헐렁하고 큰 신이었는데
학년이 올라갈수록
발에 꽉 조여
도저히 신고 다닐 수 없었다.
  ─「검정 고무신」 부분

소년공의 정체성은 '검정 고무신'에 그대로 담겼다. '아무리 신고 다녀도/닳지 않는' 존재 상황이다. 닳아 없어져 다른 신으로 갈아 신을 수 없는 불가항력 상태다. 타고난 본질에서 벗어날 수 없다는 숙명은 그를 지배하는 상징이다. 그러므로 저항은 무의미하고 패배가 예견된 삶이다. 그러한 운명적인 조건은 그를 속박하는 기재로 강화된다. '발에 꽉 조여'오는 억압은 그를 길들이는 족쇄다. 로마 시대 노예들이 차고 있던 차꼬와 같다. 노예는 자기를 구속하는 그 물건이 무언지 모르며 알고자 하지 않는다. 태어날 때부터 몸의 일부인 듯 살았기 때문이다. 그러므로 소년공의 삶은 이미 예정된 것이고 변신은 있을 수 없다.

무저갱 같은 삶을 사는 이들이 그뿐인가. 납작 엎드려 숨 한번 제대로 쉬지 못하는 타자가 이 세상 바닥을 이루고 있다는 사실이 소년공의 발끝에 놓였다. 강민숙이 이 시집을 묶은 까닭이다.

그 발치에 얽힌 고통을 받아들고 무엇으로 보이느냐 묻는다. 그냥 우리 삶에 채워진 장식처럼 여긴다면 소년공 이야기를 들을 이유는 없다. 내 의지 없이 주어진 삶을 그대로 순응하며 살면 그만이다. 아무리 새로운 아기를 받아낼 그 아이는 굴레에서 벗어날 수 없는 사슬에 묶일 것이다. 그러나 그렇지 않다고, 무언가 풀림과 해방의 열쇠가 있다고 시인은 손잡아 끈다.

이슬비 오는 날,
종로 5가 서시오판 옆에서
낯선 소년이 나를 붙들고 동대문을 물었다

밤 열한 시 반,
통금에 쫓기는 군상 속에서 죄 없이
크고 맑기만 한 그 소년의 눈동자와
내 도시락 보자기가 비에 젖고 있었다

국민학교를 갓 나왔을까
새로 사 신은 운동환 벗어 품고
그 소년의 등허리선 먼 길 떠나온 고구마가
흙 묻은 얼굴들을 맞부비며 저희끼리 비에 젖고 있었다.
  -신동엽, 「종로5가」 부분

  이미 강민숙 이전에 신동엽이 소년공을 보았다. 소년공을 에워싼 속박이 무엇인지 답하고 있다. 그리고 그가 어떻게 스스로 자기를 인식하고 자기 실존 앞에 당당히 설 것인지 알고 있다고 신탁을 전했다. 신동엽이 마주한 소년은 우리에게 길을 묻고 있다. 이는 강민숙이 들었던 소년공의 물음이기도 하다. 신동엽이 만난 소년은 동대문 안으로 향하여 노동자 무리 속으로 들어갔으리라. 그리고 마침내 전태일의 삶 속으로 들어가 산화했으리라. 그렇게 소년공은 폐허 속에서 서로 연민하며 홍수를 이루며 흘러가는 노동자의 대열 속에 있었다. 그리고 하늘을 보았다.

내 어릴 적 하늘은
가난에 매 맞아
시퍼렇게 멍든 하늘이었다

내 마음 같아서

차마

올려다볼 수 없는

그런 하늘이었다

아픔을 참다가

마침내 쏟아내는 눈물

소나기

나도 시원하다

가난의 눈물 쏟고 나니.

　　-「내 하늘」 전문

　　신동엽의 서사시 「금강」은 "우리들은 하늘을 봤다."로 시작한다. 강민숙이 받든 소년공의 이야기도 이처럼 소년공이 본 하늘에서 시작한다. 이 일체감(identification)은 현실 구속을 벗고 지향해 가는 '영원한 하늘'을 꿈꾸게 한다. 가난으로 멍든 노예의 얼굴이 아니라 눈물로 정화된 맑은 얼굴 속에 영원한 하늘이 드리운다. 신동엽이 본 하늘은 동학농민혁명, 4.19혁명을 이끌었던 농민, 학생, 시민, 평화 시장 노동자다. 이는 총체적인 결정체 같다. 한 사람 한 사람은 보잘 것 없지만 시간과 공간을 초월하여 존재하는 얼굴이다. 소년공의 하늘도 어제 보았던 가난한 얼굴이 아닌가 떠올리는 순간 재빨리 다른 대상으로 바뀌어 새로워진다.

뼈가 으스러졌는지

손목의 통증은 좀체 가시지 않았다

그래도 일을 해야 했다

그 사고 이후로

2층 포장 반으로 자리를 옮겨졌다

내가 그토록 바라던 기능공이었는데

무참하게 잘려 버렸다.

　　-「드디어 기능공이 되다」 부분

　　소년공의 하늘은 온전한 얼굴이 아니다. 프레스에 으스러진 뼈다. 잘려 나간 몸의 일부다.

환지통으로 몸부림치는 나날이다. 시간과 공간을 초월하여 하늘은 존재한다. 일찍이 박노해 시 「손무덤」에서 소년공의 손목이 통증을 물었다. 강민숙이 그 기억을 다시 끌어내어 우리가 어떻게 하늘을 받들어야 할지 묻는다.

프레스로 싹둑싹둑 짓잘라
원한의 눈물로 묻는다
일하는 손들이
기쁨의 손짓으로 살아날 때까지
묻고 또 묻는다.
　　　　　-박노해, 「손무덤」 부분

　　원한을 원한으로 앙갚음하지 않는 자가 하늘이다. 일하는 손이 하늘이다. 소년공의 팔뚝에 서린 상처도 기쁨의 손짓이 되어 살아나리라 의심하지 않는다. 그래서 소년공이 "연줄이 다할 때까지 풀어"주어 "하늘 끝까지" 날아 올렸던 이름(시 「하늘 끝까지, 저 하늘 끝까지」)은 그에게 한정되지 않는다. 여기저기 존재하는 모두다. 소년공이 부르는 노래의 내용이기도 하다. 그래서 어느덧 구름처럼 변신하여 영원의 하늘을 이룬다. 그의 하늘은 검정고시 학원 원장이기도 하고, 5.18 광주 시민이기도 하고, 청소 노동자이기도 하고, 프레스 공장 노동자이기도 하고, 시장통 사람들이기도 하고, 산비탈 밭을 일구는 농민이기도 하고...... 김수영이 추앙했던 거룩한 뿌리다.

3. 백마 타고 오는 초인을 기다려

　　영원하다는 말은 영생불멸을 뜻하지 않는다. 타자의 얼굴 속에 드리운 삶의 이력이 강물처럼 흘러 바다를 이루는 순간을 말하는 것은 아닐까. 강민숙이 노래하는 소년공의 이야기는 유명 정치인의 일대기를 오로지 뜻하는 것이 아닌 까닭이다. 소년공의 이야기가 곧 내 이야기인 이유다. 그가 본 하늘이 곧 우리가 본 것이다. 그날이 오고 있는 듯하다. 그날 누가 오는가. 소년공은 어떤 모습으로 변신하여 우리 곁에 오는가.

지금 눈 내리고
매화 향기 홀로 아득하니
내 여기 가난한 노래의 씨를 뿌려라.
　　　　　-이육사, 「광야」 부분

이육사는 광야에서 그를 목 놓아 불렀다. 초인이다. 현실을 초월한 능력자이거나, 슈퍼맨이거나, 어벤져스의 일원이라 바란다면 곡해다. 그는 영웅이 아니다. 시인이 고대하는 초인은 현실을 일거에 바꿔 놓는 신이 아니다. 니체가 말했듯 신 앞에 단독자로 서는 자이다. 이 궁핍한 시대에 신은 우리를 저버렸고 더 이상 인간을 궁휼히 여기지 않는다. 노예가 주인을 믿고 살았던 시대가 변하지 않아서 서글프지만 이제 주어진 자기 삶을 가꾸는 초인이 우리에게 다가오고 있다.

강민숙이 묶어낸 소년공의 노래는 가난한 씨앗이다. 우리 마음 밭에 뿌려질 노래다. 노예가 자기 발에 차인 것이 노예의 상징이라는 것을 깨닫는 순간이 오고 있다. 그 순간 우리는 더 이상 노예가 아니다.

내 희망의 씨앗을 뿌리리라
땅이 씨앗을 품듯이
다 끌어안고
지천으로 피는 꽃, 휘날리는 꽃향기
내가 피워내리라.
 ─「굽은 세상에 바치는 노래」 부분

제임스 카메론 감독 영화 〈아바타〉에도 초인이 등장한다. 그도 '굽은 세상'에 '굽은 몸'으로 살다 변신하여 새로운 세상의 주재자로 도래한다. 반신불수 제이크가 새로운 공동체에서 재생하는 이야기가 새삼스럽다. 마침내 구원자 토르트 막토로 분신하여 등장한다. 그는 신동엽이 기다리는 '신하늬' 같기도 하고, 강민숙이 받드는 소년공 같기도 하다. 제임스 카메론 감독이 소수적 영화를 지향했듯이 강민숙도 소수적 문학을 추구한다. 이는 주류를 배제하고 제거하려는 것이 아니라 끊임없이 해체되는 소수의 복원을 통해 공존의 미래를 설계하는 일이기도 하다. 소년공의 노래가 곧 저 하늘에 울려 퍼지리라.

소년공 재명이가 부르는 노래

2025년 5월 15일 1판 1쇄 인쇄

지은이	강민숙
펴낸이	김재준
그림	박재동

디자인 / 편집 인쇄 라미네이팅	(주)애즈랜드 www.adsland.com

마케팅	박진우

펴낸곳	생각이 크는 나무
등록	2000-30호(2000.10.27)
주소	서울 강서구 공항대로 41길 65 408호
전화	02-2659-9759
이메일	kmsh1617@naver.com

ISBN 978-89-954886-0-7 (03800)